アンネ・フランクに

辻 一代
Hitonatsu Tsuji

文芸社

まえがき

前著『スーパー・インスピレーション』を出版して、三作目『アンネ・フランクに』を出版する運びとなりました。

今回もキリスト教伝道が目的です。僕はプロテスタントの信者ですが、心から天国に行きたいと願っています。

この小著を読んで、一人でも多くの方が、キリスト教（できればカトリックか正統なプロテスタントの教会）に導かれ、バイブルを手に取って読まれますように祈ります。

目次

天国と地獄

天国に魂が住む。
天国に魂が住む。

天国の魂は安らか。
天国の魂は平和的。
天国の魂は平安。

地獄にも魂が住む。
地獄にも魂が住む。

地獄の魂はかわいそう。
地獄の魂は殺人ばかりしている。
地獄の魂等《ら》は、とてもえげつない。

もし、天国と地獄が入れ変わったらどうしよう？
天国の魂と地獄の魂が戦争をしたらどうしよう？

神様も困ってしまうのではないだろうか。
やっぱり、天国は天国。
地獄は地獄と区分けすべきではないか。
天国も地獄も今のままずうっと続くのだろうか？

神様も疲れるなあ。

主の祈り

主の祈りについて、マタイ伝とルカ伝にいろいろと書いてあるが、本当の主の祈りとは、ひとり密室に入って、「主よ、罪人のわたしをあわれんでください」、これだけでいいのではないのだろうか?

聖書にある異邦人のように、くどくどと祈ってはならない。

食前の祈りは、「主よ、この食事をありがとうございます」、これだけでいいのではないのだろうか?

神様のみこころを満たすには、自分の罪を正直に懺悔して、そして告白してカトリックか正統なプロテスタント教会で洗礼を受けるべきだと思う。

そうすれば誰でも救ってもらえる。
どんな罪も赦してもらえる。
あとは一生キリスト教信仰を守り通して、主のいましめを一つでも多く守り
徳を積むよう努力すべきだと思う。

おひとりおひとりの上にキリスト教信仰の灯がともりますように。
そしてその灯が一生涯消えませんように。
アァメン。

信仰第一主義

何よりも信仰。
良い行ない。
善行よりも信仰。

本を読むこと。
文学を読むこと。
詩集を読むこと。
哲学の本を読むこと。
科学の本を読むこと。
経済学の本を読むこと。

ファンタジーや童話を読むことよりも、キリスト教信仰をやしなっていくことのほうが大事。

肉体労働はとても大事。
絶対にしなければならない。

祈りも大切。
絶対必要。

瞑想も必要。懺悔も告解も必要。

でもキリスト教信仰がもっとも大切。特に行ないの伴うキリスト教信仰が必要だと思う。
僕はキリスト教信仰第一主義をモットーにしようと思う。

自然主義

自然ありのまま。
自然そのもの。

人工のものを避け、できるだけ自然のものを追求し愛する。

作為なく、あるがまま。
神のお求めになるが如く、神に感謝しつつ、すべてを神にお返しする。

植物も動物も鉱物も、神がお造りになったものだけ。
よけいに己れ自身を低くして、崇め奉る。

自然流《じねん》。
川の流れのそのまま。
空気の流れのそのまま。
雲の動きのそのまま。
時の経つまま。
植物の芽が出、葉が出、花のつぼみができ、花が咲き、種がなり、枯れる。
また、来年、植物が芽を出す。

すべて自然《しぜん》のままに。
神を畏れるままに。
成就する。
それが自然主義だと思う。

キリストの愛及びその人の徳

主イエス・キリストは二千年前、十字架上で死なれました。神が主イエス・キリストを十字架につけて殺したのです。

そこまで人類の罪は重いのです。

ペテロやヨハネ、ヤコブたち十二使徒たち（キリストを売ったユダを除いて）は、キリストの愛を信じて、そして、自ら逆さ十字架や、ななめ十字架にかかり、首を切られたり、生皮を剥がれたりして徳を積んで救われました。

私たち、現在のクリスチャンもキリストの愛を、畏れをもって信じ、なんらかの方法で徳を積んで救われるしか方法はないと思います。

徳の積み方はさまざまです。教会や貧しい人々にほどこしをするなり　なんらかのいい仕事に専念するなり、各自で見つけるべきです。

信仰のみです。でも、徳を積まないと、いいところへは行けないかもしれません。

今の僕にはこれ以上言えません。

主よ、私の霊性を深めてください

主よ、私の霊性を深めてください。
主よ、私の霊性を清めてください。
主よ、私の霊性を高めてください。

主よ、私が罪を犯しませんように。
主よ、私が悪いことをしませんように。
主よ、私に試練がくることは覚悟しております。
でも、その試練をうまく乗り越えられますように。

主よ、私に純粋《ピュア》な信仰をください。

たくましい、小さな小さな信仰をください。
主よ、私に貧しい心をください。
無欲な精神をください。
私が主に無関心であっても、決して、私を見捨てないでください。
主よ、私に良い心と悪い心を見分ける力をください。
主よ、私が素直に、まっすぐに成長していきますように。
主の栄光が永久に称えられますように。
アァメン。

祈り

祈る時はおちついて。
祈る時は熱心に。
祈る時は潔癖に。

祈りは神の願いであり、神の要求でもある。
祈らなければ、その人の信仰は成長し得ない。

祈る時、人も神もよしとすべし。
神がきっとその人の祈りをかなえてくださるはず。

人は、なんでも祈り求めるのがいいと思う。
いい祈りはなんでもかなえられる。
神に頼ってはいけない。
自分に頼らなければならない。そして、自立しなければならない。

人は生きていく時、徳を積んだり、消費したりする。

神はただじっと見ているだけ。

できるだけ多くの徳を積もう。

徳をいっぱい積んで、主の十字架を愛し、天を畏れよう。

まじめな話

まじめな話、僕は人より優れているのだろうか？
人より劣っているのだろうか？
ときどきこう考えてしまう。

頭はまあまあいいほうだ。
でも、話すほうが全くダメだ。

スポーツは、センスや自信はあるが、パワーがない。
芸術もセンスは自信がある。かなりいいものを持っていると思う。
自動車の運転はダメで、神から禁じられている。

バクチはほとんどしない。

タバコはもうやめた。

酒もほとんど飲まない。


キリスト教信仰には自信がある。


文才はまぁあると思う。

女にはもてるほうだと思う。

けんかは全くダメだ。

金使いは少しだけ荒い。

多趣味だ。

植物が好きだ。

神学も以前相当やったが、今はほとんど手を引いた。

なぜなら僕は、もうすでにグノーシスだから、神学書を読めば読むほど、神に憎まれる。

クラシック、ジャズ、Ｊポップなどのコンサートや、寄席や文楽へ行くのが好きだ。

なんでもコレクターだ。

カメラも少しできる。
囲碁も初心者。
チェスも興味ある。
バイクは全然興味ない。
旅行も誰かと一緒なら行くほうだ。
画家になりたい希望を持ったほうだ。

今は早く健康になって、誰かと結婚して、幸せに暮らしたい。

後継者が欲しい。
神様に成長させてもらえるよう、期待している。
主よ、罪人の私を憐れんでください。
祈るのみ。
アァメン。

結婚について

僕はとても結婚願望が強いほうだ。
高校生くらいの頃からずっと、結婚にあこがれていた。
今、六十二歳になってやっと、相手が見つかったみたいだ。
誰とは言わない。

幸福な家庭を持てたらと思う。
子供も欲しい。
跡継ぎが欲しいのだ。
家を絶やしたくないのだ。

結婚したら近所の人とも、うまくやっていかなければならない。
キリスト教信仰も守っていかなければならない。
奥さんもクリスチャンになってくれるだろうか？
子供も大人になったら洗礼を受けてくれるだろうか？
幼児洗礼でもかまわない。

とにかくいい人生を送って、神様を愛し、敬い、畏れたい。
ハレルヤ!!

太陽

太陽はポカポカと暖かい。
良い人間にも悪い人間にも、ポカポカと暖かい。

冬の太陽は低くて青い。
春と秋はちょうどいい。
夏は高くて暑すぎる。

僕は小さい時、夏が好きで、冬が寒くて苦手だった。
でも今は夏が苦手で、冬のほうが好きになった。

なぜなら、夏はいくら薄着しても暑くてしようがないのに、冬は少々寒くても厚着すればそれでおしまいだから。

神様は春夏秋冬と四季を造られた。

私達人間は、ただその季節に応じて、生きのびるだけ。

神様のなさることに、何も問題はないのだろう。

神様に感謝すべきだと思う。

それにはバイブルを読んで祈るしかないと、僕は思う。

おしっこ

おしっこをした。
おもらしをした。

何かうんちをして、気持ちが悪い。

パシッと乾かないかな?
何かいい方法はないかな?

おしっこをした。
おもらしをした。

さいわいとわざわい

さいわいがやってくる時がある。
わざわいがやってくる時もある。
さいわいもわざわいも、誰のところへでもやってくる。
幸せになりたいと人は思う。
不幸になりたい人など決していない。
問題は、その人にとって何が幸せで何が不幸かだ。

お金持ち。
健康。
子宝に恵まれる。
結婚。
ボーイフレンド、ガールフレンド。
老後の生活。
人はその人その人、ひとりひとりで、自分の価値観で、いい人生を送ればよい。

僕はただ、主キリストに従うのみ。

天国を想ふⅡ

天国って、本当にあるのだろうかと、一般の人は考えるだろう。
僕は絶対あると確信する。
地獄もある。
煉獄もある。
天国には、動物や、植物や、魚などがいるのだろうか？
何を食べるのだろうか？

どんな言葉を話すのだろうか？
どういうところに住むのだろうか？
神様と会って話ができるのだろうか？
天国っていいところなのだろうなあ！
天国だけは、永遠に続くと思う。

インドネシアの里子

僕にはインドネシアに、ジェニトリア・アコイットという十歳くらいの女の子の里子がいる。

ある、国際NGO団体で紹介してもらった。

ときどき手紙やプレゼントを送ったり、逆に手紙をもらったりする。

アコイットがどんな大人に成長するか楽しみだ。

お父さんとお母さんと弟がいて、みんな元気だそうだ。

カトリックの信者らしい。

毎年クリスマスカードを送っている。

ときどき絵を送ってくる。

賢明な子供みたいだ。

インドネシアは今、高度経済成長だから、アコイットの家族も、もっと楽になればいいなと思う。

いつか日本に来ないかな。

アンネ・フランクに

アンネに会いたい。
アンネに会ってひと言、愛していると言ってみたい。
アンネは僕のことを、どう思ってくれているのだろうか?

ああ、アンネ、アンネ。
僕の最愛のアンネ・フランク。

今、結婚のことで悩んでいる。
ただ、アンネに会いさえすれば。

もう一度アンネとデートしたい。
キスもしたい。

信頼がいつまで続くかわからない。
至福の生でアンネと暮らしたい。
幸福に暮らしたい。

今の願いは、ただそれだけだ。

今と昔

今は文明が発達していて、時代がスピード化している。
昔は文明が発達せず、時代はゆっくりしていた。

今のほうが昔より暮らしやすい。
でも、今より昔のほうが、自然が豊かだ。

今に生きる僕は、昔に生きる人々よりも、複雑にできている。

今は、車やジェット機、ロケットなど、スピード化している。
昔は、リヤカー、徒歩など、スピードがにぶい。

今の人は、昔の自然を懐かしむ。
そして、昔の人は未来（今）の発達した時代を夢見る。
今も昔も、結局は現在をあるがままに受け入れ、満足することだ。
今も昔も神は同じなのだから。
神の存在に時は関係はない。

貯金箱

僕は貯金箱を四つ持っている。
一つは一円玉を、二つ目は五円玉を、三つ目は五十円玉を、四つ目は五百円玉を入れている。

一円玉をいっぱい集めて何になるのか？
五円玉をいっぱい集めて何になるのか？
五十円玉をいっぱい集めて何になるのか？
五百円玉をいっぱい集めて何になるのか？

コツコツ一円玉や五円玉、五十円玉、五百円玉を集めることは、ちょっと苦しい。

でも、その使用法を考えることは、また楽しい。

きっと、一円玉や五円玉、五十円玉、五百円玉は何かの役に立つのだろうと思われる。

一円、五円、五十円、五百円、ちょっとずつ集めよう。

カラス

カラスが家の近くに集まってくる。
ゴミを漁り、ふんを落とし、汚くって仕方がない。

おーい、カラスくん。
もう、この近辺からどこかに行ってくれないかな。
この近所を荒らすのをやめてくれないかな。

カラスは群れでやってくる。
いくら怒鳴っても、石を投げつけても、どうしようもない。

ガンガン鳴らしても、木で叩いても、全く、役に立たない。
カラスよカラス！
どっかへ行ってしまえ。
どっかへ行ってしまえ。

菜の花

道の隣の田んぼに菜の花が咲いている。
黄色くて美しい、菜の花が咲いている。
僕はデジカメでその菜の花の写真を撮る。
風に吹かれている菜の花の写真を撮る。
菜の花にはテントウ虫がついていることもある。
アリがいっぱいいることもある。
菜の花は土の中に太い根を持っている。

菜の花の黄色は、黄色いクレヨンと同じ色だ。
菜の花は正しい心を持って咲いている。
誰にも文句も言わせず咲いている。
菜の花の黄色は、ちょうど神の神々《こうごう》しさなのかもしれない。

花火

昔、小さい頃、両親に連れられて、宝塚ファミリーランドの花火を見に行ったことがある。

大きい輪や中くらいの輪、小さい輪。
僕と弟はびっくりして、恐ろしくなって、泣いていたという。
花火を見ると、この世の鬱憤が晴れて、さっぱりしてしまう。

しかけ花火もまた、おもしろい。
シュルシュルシュルシュルと地上を動き回り、アッと驚かせる。

赤や青や黄や緑の色の花火はまるで、天使の梯子みたいだ。
花火を見ると感動する。
美しい花火ほど、よけいに感動させられる。
花火は、神の作った最上のものの、ひとつかもしれぬ。

熱烈な信仰

僕には熱烈な信仰があるのだろうか？
貧しい信仰はあっても、熱烈な信仰はないのでは？

主よ、罪人の私を憐れんでください。
と、祈る時、僕は本当に神様に祈っているのだろうか？

主よ、僕に祈り方を教えてください。
本当の正しい祈りを教えてください。

神様は目に見えないものである。

だから、信仰を働かせるしかないと思う。

一人、個室に入って祈る時、神様に自分の願いを言える時、本当に素直になれるだろうか？

隣を己れのごとく愛せよと、神は求めたもう。

まず自分を正しく愛して、そして、隣、机、イス、カバン、木、山、川、太陽、車、ナイフ、本等々、あらゆるものを愛さねばならない。

なんという貴い教えか。

キリスト教のすべてが、この教えにかかっているという。

また、敵まで愛さねばならない。

キリスト教徒の敵はイスラム教徒、イスラム教徒の敵はキリスト教徒。
キリスト教徒は敵であるイスラム教徒を、まず愛さねばならぬのではないか。
そこから、キリスト教とイスラム教の橋渡しができてくるのではないか。

イスラム教は一夫多妻。
これをまず解決しなければ、キリスト教とイスラム教の話し合いは成り立たない。
いつの日か、キリスト教とイスラム教が和合できることを、僕は切に祈る。

全能の神よ。
あなたの御力をお示しください。
アァメン。

ひとりぼっち

僕はひとりぼっちだ。
だからさびしい。
そして、サイコロを転がす。
すると、ゼロが出た。

ヨブ記を読んで

ヨブは無垢な正しい人。
そして、神に試みられる。
ヨブは正直な正しい、神を畏れる人であった。
しかし、ヨブは神に試みられた、悪魔を利用して。まず財産全部を奪われ、
次に体中できものだらけにされた。
それでもヨブは神を讃美した。

神を呪えないので、自分の生まれた日を呪った。

そこへ三人の友人、テマン人《びと》エリパズ、シュヒ人《びと》ビルダデ、ナアマ人《びと》ゾファルが現れ、ヨブにヨブの罪の追及をした。

ヨブは自分の潔癖を主張し、ついに全能の神が、神の偉大さとかしこさを主張した。

ヨブは最後に悔い改め、自分の罪を告白し、赦された。

財産を元の二倍に戻してもらい、男の子七人と女の子三人をもうけ、天に召された。

ヨブの物語は、今、自分が暗闇の中にいる人、苦しんでいる人、何も悪いことをしていないのに、つらい目に遭っている人にとって、とても慰めになる。

人には苦しむことが必要だと、僕は思う。
毎日楽しいことばかりでは、つらいことが全くなければ、うまく生きていけない。

苦しむ恵みも必要だ。

主よ、私が神の憐れみのとおりに、生きていけますように。
アァメン。

あるローデシア出身の女の子に

昨日、天ぷら屋で見つけた。
誰か、おじさんと交際中みたい。
本当言えば僕は（アンネ亡きあと）、君と一生を共に過ごしたかったんだ。
だって君って平凡だもの。
おまけにノーベル平和賞を争った仲だもの。

いつか君がノーベル平和賞を取れたらいいね。

ローデシアのために、アフリカのために、日本に住む僕のために、そして、
世界平和のために。

君は第二のマララ・ユスフザイ君を目指しているのかい。

いつか、結婚したい、君と。

アンネ・フランクの次に愛してるから。

ドストエフスキーの『鰐《わに》』を途中まで読んだところだ。

君のおかげで、ナスターシャ・フィリポヴナの本物も見たよ。きれいだったけど、君のほうがもっともっと魅力的だ。

君は、ドストエフスキーの愛読者なのかな。

僕は、プーシキンとゴンチャロフの愛読者だ。

ゴンチャロフの『断崖』も、とってもいい名作中の名作だよ。岩波文庫にあるよ。『平凡物語』は失敗作みたい。日本語訳がいけなかったのかもしれない。

君は、ゲーテの『ファウスト』を読んだことがあるかい。メフィストフェレスに罪に落とされないために。『ファウスト』本物（できれば）、読むべきだよ。ファウスト博士は博学だけど、たぶん、地獄落ちだと思うよ僕は!!

もうひとつ自慢になるけど、太宰治の『人間失格』は、どうしても読むべきだよ。日本に永住するつもりなら。不貞のおぞましさを知るにはもってこいの文学だよ。活字をもって『人間失格』を最初から最後まで一読だけはするべきと思うよ。

最後に僕が君に質問するけど、ウィリアム・シェークスピア、どれが本命。四大悲劇では、まさかないでしょう。ロミオとジュリエットみたいな失敗作とも違うとは思うけど、いっぱいありすぎて、五、六冊しか読んでないから、僕には、よく理解できない。

もうひとつおまけに、ローデシアって、どんな国、王制それとも共和制？発展途上国？

ニーノ・ロータ作曲。

交響曲第4番「愛のカンツォーネ」に由来する交響曲、大フィル版興味持ってるみたいだから。二千円。CDショップに行って、パソコンで検索するといいと思うよ。

僕は最近クラシックと映画（ブルーレイ）にはまってる。黒澤明の「用心棒」を観て、デビッド・リーンが監督で名優オマー・シャリフ主演の「ドクトル・ジバゴ」を観たよ。クラシックは手当たりしだい、ブルーレイはテレビで観てる。音感を鍛えている。

ずっと前、アコースティックギターを一本買ったけど、ものにならなかった。なかなか初歩から進まない。そしてついに、安めの新品ヴァイオリンの本物を、ある楽器店で求めた。

ぼちぼちヤマハのヴァイオリン教室へ通うつもりだ。

それでは、君の未来、楽しみにしているよ。

悪いやつらにだまされたり、そそのかされたりしないように。

気をつけてね。

僕も結婚相手が見つかったみたいだから、残念だけど、今回だけは君のことあきらめるよ。


では、また、いつか。

氷河期

二〇一八年時、この国はだんだん冷えてきて、何度目かの氷河期に突入しようとしている状態だ。
これから先、僕にはどうしても読めない

今年の日本の冬は非常に寒い。
世界中同じかもしれない。

冬は、ホームコタツが必要になってくる。
僕は今のところ、エアコンで部屋を暖めているけど。
ロシアにマンモス象とか現れるかもしれない!!

インドネシアの里子　ジェニトリア・アコイット

僕にはインドネシアに女の子一人、バングラデシュに女の子一人、エルサルバドルに男の子二人、海外に合計四人のチャイルドサポートをしている子供がいる。

ここでは、インドネシアのアコイット君（女の子）のことを紹介してみようと思う。

NGO団体に紹介された里子だ。とてもかわいく、頭がいいらしい。

僕の読みでは、大川隆法の予言した四百年後のインドネシアあたりのイエス・キリストの再誕は、アコイットの子孫から現れると思う。

日本の使用済み切手数種類。
本のしおりをある書店で買った。
冷蔵庫等々、紙か何かを押さえるために用いる、カトリック用のマグネット
二個、使い方はよくわからない。

ベートーベンとシューベルトのプリントされたエンピツいくつか。

それじゃ元気で。
お父さん、お母さん、弟さんによろしく。

また、便りを送るから。

絵画論

絵は、感受性、センス、ハートテクニック、タッチ、色彩感、純粋性、キリスト教信仰、で描くものと、僕は思う。

昔、岩波文庫でエミル・ベルナール著、有馬生馬訳『回想のセザンヌ』を読んで、セザンヌの静物画のベストを知った。僕には、とても描けないみたい。

アンネ・フランクは絵の天才と聞いている。

僕も絵の天才のつもりだ。

でも美大には行ってないから、テクニック全くなしのアンネみたいな絵しか描けない。でも僕は、ミケランジェロのつもりかもしれない。アンネにも勝てるつもりだよ。
絵はテクニックのみと思っている人がいっぱいみたいだけど、それはダメ。絶対ダメ。

セカオワは最高、いきものがかりも吉岡聖恵がいい。
セカオワは世界のセカオワ目指して欲しい。僕が作詞作曲してあげるから。サオリさんが産休無事終えたら再び、京セラドームに来て欲しい。僕は、行くつもりだから。彼女か、奥さんか、誰か連れて。

サオリさん最初に見た時、平凡な女性の感じだけど、今は美しくてたくましい、頼りになる頭脳明晰な感受性の豊かな女性と、僕はもう見抜いているけど、それに貞淑性もあるし、いい相棒だと思う。誰の奥さんかは知らないけど。

絵画論書くつもりが音楽論、恋愛論も書いてしまった。
少し失敗した。優子どうしよう。

ベルナデッタ、魂の日記を読んで

ベルナデッタ、『魂の日記』は僕の愛読書のひとつだ。

現在九十六読目中だ。

この本を読むと、なぜか、信仰の霊性が深まり、神への畏れ、主キリストの十字架への愛、他人を思いやるこころ、罪を犯さないようになる精神、忍耐力、謙遜、貧しいこころ、貧しい信仰。


僕はこの本を信者、未信者に関係なく人に進める。

この本は、芸能界つぶしの本だ。

僕は、神から芸能界へ入ることを禁じられている。それで絶対に芸能界へは入らないつもりだ。

バクチも一切禁じられている。

それでは何が楽しみかって？
いくらでも楽しみ、趣味はある。

クラシックや、ジャズ、ロック、Ｊポップ等のコンサートへ行ったり、映画を観に行ったり、ブルーレイで映画を観たり。
囲碁を楽しんだり、デジカメで花の写真を撮ったり、読書したり、ＣＤを聴いたり、ウォーキングしたり、自己流に料理を楽しんだり。

ただ、一生独身で過ごすしか方法がない。誰かさんのために。

ベルナデッタのような人生は今の僕には送れない。
でもベルナデッタと同じような、特に信仰の霊性は得られるつもりだ。

僕は絶対に牧師や神父、司祭等にならない。はっきり言って、なりようがない。グノーシスだから。

僕は、芸術家の卵のつもりだ。

主よ、罪人のわたしを憐れんでください。

アァメン。

クラシック・コンサート通い

僕は、クラシック・コンサートへ行くのが趣味だ。

大阪のザ・シンフォニーホール、いずみホール、西宮市の兵庫県立芸術文化センター、伊丹市のアイフォニックホール。

でもまだ、肝心のフェスティバルホールへは、一度も行ったことがない。

さまざまな交響楽団、ピアノソロリサイタル、ヴァイオリンソロリサイタル、チェロソロリサイタル、管弦楽団等々。

最初、クラシック・コンサートへ行き始めた時は、たいして面白くなかった。

でも、クラシック・コンサート通いを続けるうちに、だんだん面白くなってきた。

さっちゃんとは寄席しか行ってないけど、いつか彼女と一緒にクラシック・コンサートへ行けたらと思う。

寄席通い

僕は、寄席へもよく行く。

春団治、文珍、ざこば、雀三郎、文枝《ぶんし》、等々。


高校の時、友人と大阪へ、落語を聞きに行った記憶がある。

当時の文枝がトリだったか？　もうほとんど忘れてしまった。


ゴスペル落語ってのも、最近はやってるけど、牧師ではなく、信徒がやるべきだと、僕は思う。落語も半分、グノーシスのような感じがする。

主よ、僕が寄席へ行く時、その時にも、あなたの恵みがありますように。

アァメン。

キリスト教一神教イスラム教一神教

キリスト教とかイスラム教とか、一神教が複数あるのは納得できない。そう考えている読者がおられると思う。

僕は元プロテスタント、今、また、プロテスタントの信者で、牧師や神父ではないが、二十歳くらいの頃から、自分の信仰のために、バイブルや信仰書、おまけに神学書まで読んできた（僕は、兵庫県立伊丹高校の時から梅田で映画を何十本も観ており、すでにグノーシスであった）。が、神学書を読んだのは後悔している。

そういうわけで、キリスト教のことは一応知っているつもりである。

ではなぜ、キリスト教一神教とイスラム教一神教が通用するのか？

なぜ、一神教が二つもあるのか。

キリスト教にもイエス・キリスト、イエス・キリストの父なる神、聖霊なる神、エホバ、ヤハウェ等、いろいろ、神はいっぱいあるのだがキリスト教では、イエス・キリストのみを神として信じる。それゆえ一神教なのだ。

イスラム教もたぶんアッラーの神以外たくさん神があると僕は想像するが（まちがっていたらイスラム教の人々にあやまらねばならない）アッラーの神のみを神として信じるから一神教なのだ。


仏教とかヒンズー教などは多神教で、日本には八百万《やおよろず》の神々がいると信じられていて、インドには千五〇〇万の神々がいると信じられているときく。


一神教と多神教。

どれがいいかはよくは言えないが、一神教の方が便利だ。

僕はそう思う。僕は一生キリスト教を信じ貫くつもりだ。

主ひとつ信仰ひとつバプテスマひとつ

主はひとつ。
真の信仰、バプテスマひとつ。
真のバプテスマ、正統なバプテスマは、ひとつだけ。

父なる神。
子なる神キリスト。
聖霊なる神。
これが三位一体。
正統信仰。

主を畏れ、主キリストの十字架を愛することが大切。

人が天国に入るためには、細い針の穴を通らねばならない。
金持ちはもっと細い針の穴を通らねばならない。

敵を追い出す一番いい方法は、敵をあざけることである。

神のみ名こそ、すべてにまさるもの。
神の栄光のため、我らは頭を低くしなければならない。

主よ、絶対に僕を救ってください。
アァメン。

神の国

神の国とは、天国の上の上の上の——ずっと上の世界。

天国とは第七の天。
エムピレオの天とは第十の天。
太陽天とは第四の天。
月天とは第一の天。

天国だけは、永遠に続く。

キリストを信じるとは、キリストの十字架と復活を信じること。

すなわちキリストの十字架を愛すること。

主の栄光のために、私達信徒は主キリストの十字架を愛し慈しみ、父なる神を畏れ、バイブルを読み、信仰書を読み、祈り、告解し、懺悔し、バプテスマを受け、聖餐《せいさん》をし、聖書の掟を守らねばならない。

聖化とは、だんだんキリストそのものになってくること。

瞑想は朝にするもの。

自分が清められ、周りの者が清められ、その波が周囲にだんだん波及していき、ついに最後の審判で右と左に分けられる。

羊と山羊の如くに。

まだまだ長い旅が続く。

死刑囚

この地球は、死刑囚の集められた星だ。

たとい、アインシュタイン博士、シュヴァイツァー博士、ナイチンゲール、モーツァルト、ゴッホ、ジェンナーでも、皆死刑囚だ。神から見ればだが。

現在、この星は鎖国している。宇宙人（エイリアン等）の悪い奴らが、この星に侵入してくるのを防ぐために、絶対に鎖国を解いてはいけない。

いつか、神ご自身がこの星の鎖国を解くだろう。

その時、この星に本当の宇宙時代がやってくる。

主よ、主よという信仰

主よ、主よ、わたしを救ってください。

わたしは、バイブルを読んでいます。
キリスト教の信仰書も読んでいます。
祈りもしています。
バプテスマも受けました。
聖餐もしています。
正統なプロテスタント教会の信者です。

聖霊を汚したことなどありません。

主を売ったこともありません。

喜捨もしています。

キリスト教の伝道もしています。

このような人に対して、父なる神は、どう言われるだろうか？

もしかしたら、不信仰者よどこかへ行ってしまえ、と言われるかもわかりません。

では、どうすれば救われるのだろうか？

アンネ・フランクに!!

僕のアンネ。
君は今、どこにいるの。
君は、もう死んでしまった。
至福の生に行ってるの。
君と何度もデートしたかった。
二度しかデートできなかった。
キスは一度もできなかった。

神様は僕たちを結婚させてくれるのだろうか？
君は、ユダヤ教徒だね。
キリスト教（プロテスタント）のほうに来てくれない。

君は恋愛の天才だ。
僕は恋愛オンチだ。
君にリーダーシップをとってもらうしかない。

僕は、神様に祈ろう。

いつか、僕とアンネが一緒になれますように、って。

神様、アンネに幸いを。

クリスマス・カード

僕は昨年、エルサルバドルの男の子の里子二人からクリスマス・カード二通を受け取った。

一人は大金持ちらしい。
もう一人は貧乏人と思う。

部屋の壁にはってある。
対照的だ。

二人とも元気ならいいと思う。

僕も、手紙を書いてやらなきゃと思う。

マグネットも送ってやった。

エンピツも送ってやった。

しおりも送った。


二人とも、いい子に育つだろうか？

知恵があって、謙遜で、勇気があって、信仰心があつく、親孝行で、愛情に溢れるやさしい大人に育って欲しい。

この二人の子供に、神様の恵みがあるように祈る。

アァメン。

神の恵みとは？

神の恵みは、主キリストの十字架を愛する者に来る。

神に頼ってはいけない。
自立しなければ、本当の信仰とは、言えない。

天を畏れ、人を愛し、すべてを慈しむ。

キリストの十字架は信じるものではなく、愛するものだ。
聖ベルナデッタにそう教わった。

創造主とは何か？
至高神とは何か？
ギリシア神話のゼウスやアポロンは、神か偶像か？
北欧神話のオーディンは神か偶像か？
今の僕にはまだ理解できない。
たぶんいつか理解できると思う。

エホバとは何か？
ヤハウェとは何か？
エルシャダイとは？
モーセとは何者か？
ノアとは？

アダムとエバとは？
ゲルマン神話の神々とは？

ノルマン神話の神々とは?

ネイティブ・アメリカンの神とは何か?

太陽神とは?

日本神道の神々とは?


どのような神や、神々でも、いいことをすれば褒めてもらえるし、悪いことをすれば、諌められる。


僕は一応クリスチャンでプロテスタントの信者だが、全宇宙を統一した神がどこかの星に住んでいると思う。

その神が地上におりているか否かはわからない。

たぶん、イスラムのアッラーの神以上と思う。

まず、最初に、神が預定を立てると思う。

でも、必ず誰かが、その預定を狂わす。
たぶん、神はあらかじめ、それをも、知っていると僕は思う。
最初に預定を狂わした者は、神の刑罰で一番恐ろしい目に遭わされると思う。
預定は、神が立てるもので、人が立てるものではない。
人間は、神の立てた預定に従順に従うのがベストだ。
神が創造主で人は被造物だから。

神の水車は遅く回る。

二重預定とは？

キリスト教には、二重預定説がある。
その説を唱えたのは、宗教改革者、ジャン・カルヴァンだ。

でも僕は、三重預定も四重預定も七重預定も、ほかのどこかの星とか、天国とか、至福の生とかにあると思う。

しかし、これは難しい問題である。
どうすれば二重預定までが変わってしまのかは、よく理解《わか》らない。

アモーストカレッジのシーリー総長は言う。

まず、天を畏れ、地に従えと。
そして、右を選び、左を絶対に選ぶな。
神に従い、敵には、絶対に従うなと。

神への畏れは、二重預定を越えている。

「今後、私は幸運を求めない。私自身こそ幸運である」
ウォルト・ホイットマン作　草の葉「大道の歌」より

地の塩

地の塩となれ（マタイ伝、山上の垂訓）。

地の塩とは、食物の腐敗を防ぐもの。食べ物に味をつけるもの。

地の塩もその味をなくせば、なんの役にも立たなくなる。
ただ、庭に捨てられるだけ。

今の日本のクリスチャンは、ほとんど味のない塩と僕は思う。
おとりのクリスチャンばっかりだ。

カトリックもプロテスタントも無教会も完全に、腐敗しきっている。

聖書を読まない。
信仰書も少ししか読まない。
形だけの祈りをする。
告解もしない。
懺悔もしない。
罪の償いもしない。

ただ水の洗礼を受けて、毎週教会に通うだけ。
教会見物するだけ。

仏教徒が初詣したり、仏壇に花や水を置くほうがまし。

まだ異教徒のほうがまし。

バクチするよりは、ましかもしれない。
やくざよりは、ましかもしれない。

この先、日本のカトリックやプロテスタントの教会が、どうなるか僕にはさっぱり読めない。

聞いたところでは、日本のキリスト教会はプロテスタント5人だけ。
残り全部カトリックでいくみたい。
聖フランシスコ・ザビエルが基礎を作った掟らしい。

僕はもう、教会の礼拝には二度と、決して行かないつもり。

優子!!
結婚して欲しい。
神もキリストもなく。

あとがき

僕は今、花を育てたり、花の写真を撮ったり、絵を描いたり、ブルーレイを観たり、ＣＤでクラシックやジャズを聴いたり、集会所へ行ったり、病院に通院したり、読書をしたり、さまざまな活動を始めました。

僕にとって何がベストで、何が幸福か不幸か考える時がきたみたいですね。十年前に亡くなった母が浄土にでも行っていればと思っています。

日本にも海外にも、いろいろな作家が存在しますので、いろいろと手に取って読まれればと思います。

僕は今、活字を追ってマララ・ユスフザイの『わたしはマララ』等の本を読んでいますが、正直言って、マララには敵わないと思うようになりました。

今作はタイトルはともかく、一応、辻一代というペンネームを売りたいと思います。

いつも親切にしてくださる文芸社の方々に感謝しています。

辻　一代

著者プロフィール
辻 一代（つじ ひとなつ）
昭和30年 8 月12日兵庫県伊丹市に生を受ける
昭和46年兵庫県伊丹市立西中学校卒業
昭和49年兵庫県立伊丹高等学校卒業
昭和49年北海道大学水産類入学
北海道大学水産学部卒業
著書に、『天国を想ふ』（2016年、文芸社）、『スーパー・インスピレーション』（2018年、文芸社）がある

アンネ・フランクに

2018年10月15日　初版第 1 刷発行

著　者　辻 一代
発行者　瓜谷 綱延
発行所　株式会社文芸社
〒160-0022 東京都新宿区新宿1－10－1
電話 03-5369-3060（代表）
03-5369-2299（販売）

印刷所　株式会社フクイン

ISBN978-4-286-19829-3